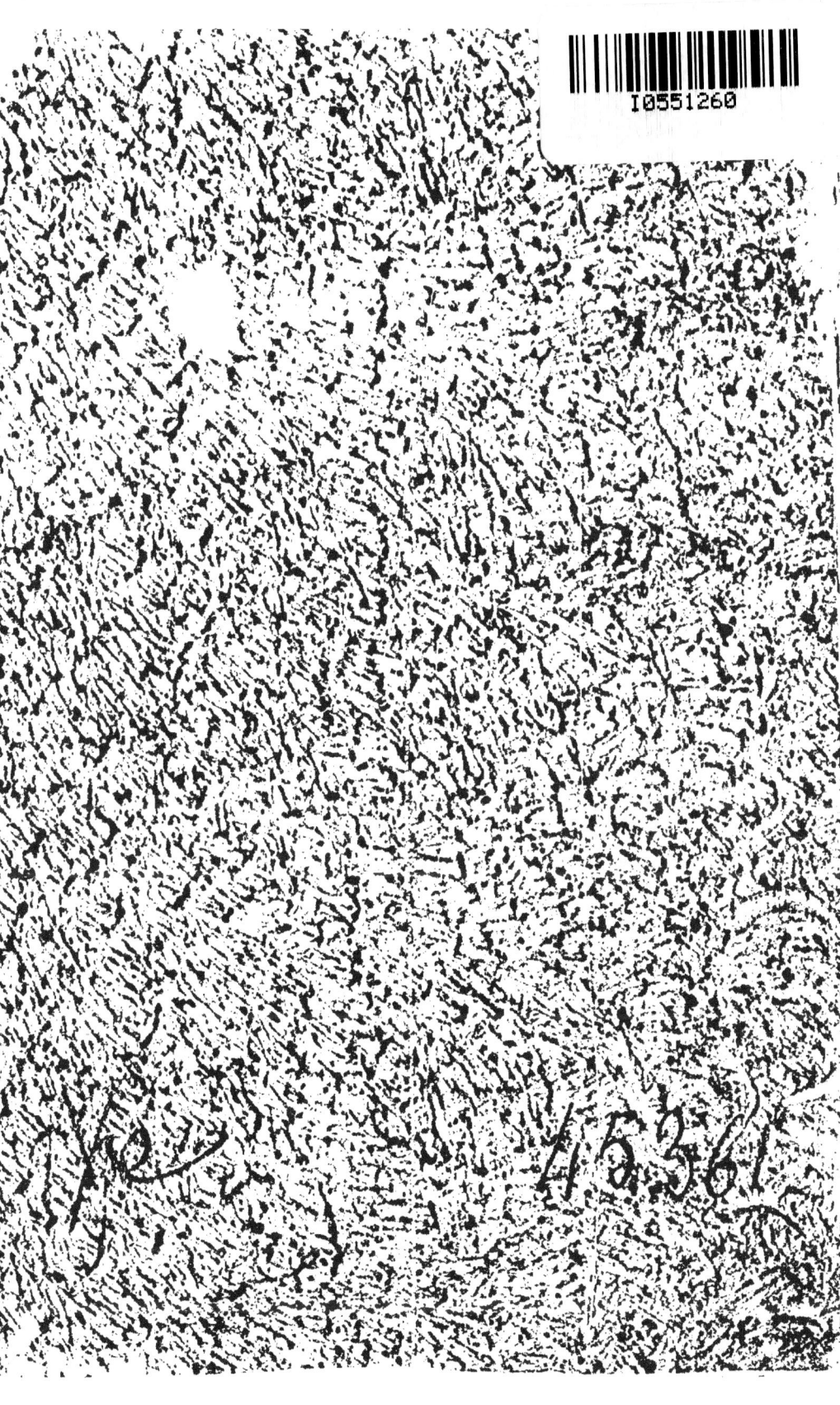

Y.

LA FRANCE SAUVÉE.

ODE,

AVEC DES NOTES HISTORIQUES.

Deux exemplaires ont été déposés à la Bibliothèque impériale, pour assurer à l'auteur son droit de propriété, qu'il exercera conformément à la loi du 19 juillet 1793.

Rondonneau, Éditeur.

LA FRANCE SAUVÉE.

ODE,

AVEC DES NOTES HISTORIQUES;

par M. LABBÉ-DESEINE,
ANCIEN COMMANDANT DE BATAILLON.

A PARIS,

DE L'IMPRIMERIE ORDINAIRE DU CORPS LÉGISLATIF;
Et se trouve aussi
Chez MARTINET, libraire, rue du Coq-Saint-Honoré.

1806.

LA FRANCE SAUVÉE.

ODE.

Ire STROPHE.

Grand Dieu ! ta sagesse profonde,
Planant sur ce vaste univers,
Pèse, sur la scène du monde,
Et nos succès et nos revers.
L'athée, enfant de l'imposture,
Nie envain ton être sacré ;
Sublime auteur de la nature,
Par le sage, ta créature,
L'athée au mépris est livré.

2.ᵉ

« Tout obéit à la matière, »
Dit le reptile audacieux,
« Ces nombreux torrens de lumière,
» Roulans sous la voûte des cieux,
» Les élémens, l'homme lui-même,
» N'ont point eu d'autre Créateur !... »
Vil apôtre de ce système,
Rampe flétri sous l'anathème
Qui frappe le blasphémateur.

3.ᵉ

Il t'en souvient, ô ! ma patrie !
Combien ses dogmes corrupteurs
Enhardirent la barbarie
De ses atroces sectateurs !
Le sang ruissela dans l'Empire !
La hache y remplaça les lois !...
Clio, charge-toi de l'écrire :
Mes larmes détendent ma lyre,
Les sanglots étouffent ma voix....

4.^e

Muses, n'offrez à ma mémoire
Que nos guerriers, que leurs travaux :
Du fol espoir de la victoire,
L'Anglais enivrant nos rivaux.
Le Français craint pour sa frontière ;
Il y précipite ses pas :
Lutte contre l'Europe entière,
Triomphe !.. et voit sous sa bannière
Fléchir l'orgueil des potentats.

5.^e

Forcés de retraite en retraite,
Ils chancellent de toutes parts :
Le glaive achève leur défaite ;
La foudre écrase leurs remparts.
Au dehors, le grand peuple maître,
Egaré par les factions,
Détruit les lieux qui l'ont vu naître !
La France est prête à disparaître
De la liste des nations.

6.e

Grand Dieu ! daigne fermer l'abîme
Que l'Anglais creuse sous nos pas !
Protège un peuple magnanime !....
Tu souris !... Tu nous tends les bras !
Un guerrier, au printems de l'âge,
Sous ton égide prend l'essor !
Ce héros, ton plus digne ouvrage,
D'Achille a le bouillant courage,
Et la sagesse de Nestor.

7.e

A peine entré dans la carrière,
Il cherche l'aigle audacieux ;
Des Alpes franchit la barrière
Qui le dérobait à ses yeux :
Il le voit, le joint, l'humilie,
Vole de succès en succès.
Il est maître de l'Italie !
Le jeune conquérant oublie
Que l'aigle outragea les Français.

8.ᵉ

Il rentre au sein de sa patrie ;
Lui rend le repos et l'honneur.
L'or d'Albion l'a trop flétrie,
Elle méconnait son bonheur.
Il s'éloigne, la sert encore ;
L'Egypte appelle ses bienfaits.
L'Anglais avide la dévore.
De cet oppresseur qu'il abhorre,
Il va châtier les forfaits.

9.ᵉ

Le chef des Musulmans oublie
L'antique amitié des Français ;
Avec ses tyrans il se lie,
Ose traverser nos succès !
Vains efforts !.... L'Egypte est conquise ;
Son libérateur est vengé.
L'Egypte, à nos armes soumise,
Du joug pesant de la Tamise
Voit le Nil enfin dégagé.

10.ᵉ

La paix a renoué la chaîne
Qui nous rattache à nos rivaux,
Ciel ! on la rompt !.. Et de la haine,
Tu vois rallumer les flambeaux !
Jouets de despotes stupides,
Nous échouons de toutes parts !
Leurs agens, lâches et cupides,
De nos légions intrépides,
Avilissent les étendards !

11.ᵉ

L'égide qui couvrait la France
Ne protège plus ses enfans ;
Ils perdent leur mâle assurance :...
Des Tartares sont triomphans !
Leur chef insolent nous outrage !
Ose menacer nos cités !
Le grand peuple reprend courage :
Le Tartare écumant de rage,
S'enfuit à pas précipités.

I 2.ᵉ

GUERRIER chéri de la victoire,
Noble vengeur de nos soldats,
Tu leur rends un rayon de gloire,
Ton cœur ne le partage pas :
Tu maudis l'Afrique et l'Asie,
Qui nous séparent du héros
Dont la valeur et le génie
Réprimeraient de la patrie
Les ennemis et les bourreaux.

I 3.ᵉ

RÉJOUIS-TOI, brave Thésée,
Alcide a franchi les déserts !
Il vient !... Notre chaîne est brisée !
Français ! oubliez vos revers.
Il paraît !.. Son bras tutélaire
A vos défenseurs est rendu !
Alliés du monstre insulaire,
Tremblez !... le glaive consulaire
Sur vos têtes est suspendu !

14.ᵉ

L'heure de la vengeance sonne !
Partez, impatiens guerriers ;
Mars vous guide, l'aigle frissonne ;
Courez ressaisir vos lauriers.
Ils volent !... La lutte s'engage ;
L'aigle a rassuré ses soldats.
Même audace, même courage
Perdent, recouvrent l'avantage
Du plus terrible des combats.

15.ᵉ

Il est fixé !... L'aigle succombe,
Cède ses lauriers aux faisceaux ;
Desaix, ils en couvrent ta tombe,
Nos pleurs en baignent les rameaux !
De la patrie et de la gloire
Tu crains d'avoir peu mérité !
Nouveau Décius, ta mémoire
S'élance du champ de victoire
Au sein de l'immortalité !

16.e

L'ORDRE naît ! l'anarchie expire
Sous le plus sage des mortels.
Thémis recouvre son empire,
La religion ses autels !
Dieu rompt les trames criminelles
D'une exécrable faction.
La paix, des voûtes éternelles,
Descend, et couvre de ses ailes
La généreuse nation.

17.e

FIÈRE des rayons de sa gloire,
Elle en veut assurer l'éclat.
Jour digne à jamais de mémoire !
Jour qui succède au Consulat !
Du peuple Français le suffrage
Couronne son libérateur ;
Le Ciel consacre cet hommage.
Le sceptre est le prix du courage ;
NAPOLÉON est EMPEREUR !

18.e

Albion, toujours acharnée,
Empoisonne notre bonheur :
Alecton, qu'elle a déchaînée,
Prodigue son or suborneur.
Princes du Nord, à l'Angleterre,
Vendez votre honneur, vos soldats ;
Il est un Dieu dont la colère
Poursuit et frappe sur la terre,
Les parjures et les ingrats.

19.e

De la France alliés fidèles,
Pour vous il n'est plus de revers ;
Son aigle a déployé ses ailes,
Il vole . . . il a brisé vos fers.
Sa grande ame vous dédommage
Des biens que vous avez perdus ;
Le diadème est le partage
Que des conquérans le plus sage
Vient assurer à vos vertus.

20.ᵉ

Il est à vous, ce diadème.
Vos tyrans vont être punis ;
Le ciel les voue à l'anathème :
Austerlitz les voit réunis.
Ils avancent d'un pas rapide ;
Lancent un cartel insultant.
Mars le reçoit :... Mars intrépide,
A leur insolence stupide
Sourit, se tait et les attend.

21.ᵉ

De Napoléon le génie
Supplée au nombre des soldats.
Ses manœuvres, leur harmonie,
Annoncent le dieu des combats.
Le glaive brille, l'airain tonne ;
Le Nord voit pâlir ses guerriers !
Ils sont terrassés !.... Mars pardonne,
Les relève, et de sa couronne
L'olive embellit les lauriers.

NOTES.

1.re STROPHE. *L'athée enfant de l'imposture, etc.*

La rage d'obtenir une célébrité quelconque détermine
par fois des misérables à prêcher l'athéisme.

Cette espèce de cyniques est d'autant plus méprisable,
qu'à l'exception des insensés, aucun d'eux ne croit au système monstrueux qu'il s'efforce d'accréditer.

2.e *Ces nombreux torrens de lumière.*

La religion ne compte point d'athées parmi les grands
astronomes; la sublimité de leurs travaux les place dans
un rapport trop direct avec les merveilles de la création
pour qu'aucun d'eux puisse en méconnaître ou nier le
créateur. Les flambeaux de l'astronomie, Copernic, Tycho-
Brahé, Newton, les Cassini, etc. etc. n'ont cessé de pro-
clamer la Divinité.

4.e *Le français craint pour sa frontière, etc.*

L'Europe entière fondit sur la France, l'Europe entière
fut repoussée. Cette lutte terrible sera fameuse à jamais
par les succès inouis, par les victoires éclatantes rem-
portées sur les puissances coalisées contre les français.

5.e *Détruit les lieux qui l'ont vu naître, etc.*

Les vociférations des apôtres de la philosophie firent in-
surger une partie des départemens, provoquèrent les mas-
sacres de la Vendée, ainsi que la destruction des principales
villes dépositaires de la fortune et de l'industrie nationales.

6.e *Un guerrier au printemps de l'âge, etc.*

Je n'ai pu qu'esquisser faiblement quelques traits du sauveur de ma patrie. Ivre de reconnaissance pour les bienfaits dont il la comble, ébloui des rayons de gloire dont il ne cesse de l'environner, il me semble que la poësie, que l'éloquence doivent désespérer de le peindre dignement. On dirait que le Ciel, en créant cet homme extraordinaire, n'a voulu laisser à la génération présente que les facultés de le bénir et de l'admirer.

7.ᵉ *Il est maître de l'Italie, etc.*

La superbe Italie conquise en deux années fut un prodige inouï opéré par un guerrier à peine âgé de vingt-sept ans. Vainqueur dans trente-cinq batailles, il détruisit dans le court espace de cette guerre, cinq armées composées de l'élite des soldats de la Germanie et commandées par les généraux les plus expérimentés de l'Europe. Trop grand, trop généreux pour anéantir cette puissance, le jeune conquérant mit le comble à sa gloire en offrant la paix à la nation qu'il venait de terrasser.

8.ᵉ *Il s'éloigne, la sert encore.*

Illustre Camille! l'histoire désespérait de te donner un rival, l'histoire vient de le trouver.

9ᵉ. *Vains efforts ! l'Egypte est conquise, etc.*

Le conquérant de l'Italie fut également invincible en Egypte. L'envie avait soulevé contre lui les Ottomans, les Mamelucks et les Arabes : ces peuples réunis aux troupes anglaises échouèrent dans vingt-deux batailles contre une poignée de Français.

10.ᵉ *Ciel ! on la rompt !*

L'assassinat de nos députés à Rastadt fit rompre la paix dont les préliminaires avaient été signés à Léoben.

11.ᵉ *Leur chef insolent nous outrage !*

Le célèbre Suwarow, ce Pichrocole moderne, publiait dans

Milan qu'avec sa seule armée il allait se rendre en France et prendre ses quartiers à Paris. Nous aurons l'honneur de vous y recevoir, lui répondit agréablement le général Serrurier, aujourd'hui maréchal de l'Empire. L'ardent voyageur se met en route, arrive devant Zurich où l'acceuil qu'il reçoit, lui fait perdre la carte du pays qu'il accourait visiter.

12.ᵉ *Guerrier chéri de la victoire.*

Ce vers est l'équivalent du surnom donné au général Masséna, aujourd'hui maréchal de l'Empire. Le reste de la strophe caractérise ce guerrier aussi célèbre par son amour pour la patrie, que par son dévouement pour le héros qui la gouverne.

13.ᵉ *Alcide a franchi les déserts, etc.*

Dieu seul pouvait opérer un tel miracle et confondre avec autant de rapidité l'orgueil des ennemis de la France; faites grâce, philosophes modernes à cette assertion d'un vieux militaire que vos disciples ont dépouillé: permettez lui d'être convaincu de l'existence de la Divinité, d'en reconnaître la puissance et la sagesse dans le génie tutélaire qu'elle a daigné nous ramener. Je puis vivre dans la détresse, mais je suis Français et la gloire de mon pays m'a laissé toute ma fierté.

14.ᵉ *Même audace, même courage.*

La sanglante bataille de Marengo gagnée le 25 prairial an VIII.

15.ᵉ *De la patrie et de la gloire, etc.*

Inquiétude sublime! Elle fut le dernier sentiment qu'exhala l'âme céleste du jeune Héros expirant sur le champ de bataille.

16.ᵉ *Dieu rompt les trames criminelles.*

La machine infernale de la rue Saint-Nicaise; la conspiration de Démerville, Arena, Ceracchi et Topino-Lebrun; la conspiration de Georges, dit *Cadoudal*, et de ses complices.

18.ᵉ *Albion toujours acharnée, etc.*

Encore une coalition ! Les ennemis du continent ne se lasseront - ils point de l'égarer ? L'Autriche qu'ils ont tant de fois sacrifiée, oublie que deux fois elle a dû son salut à la magnanimité du chef des français ! La Russie ne se souvient plus que les fers de ses braves soldats furent brisés par ce grand homme; que ces malheureux abandonnés par la puissance qui les avait appelés, durent à la générosité du vainqueur les moyens d'exister et de retourner dans leur patrie !

19.ᵉ *De la France alliés fidèles.*

L'érection des trônes de Bavière et de Wurtemberg ajoute un rayon de gloire à la couronne de l'Empereur des Français. Le cœur de Napoléon - le - Grand jouit du bonheur de deux peuples généreux qui ne pouvaient désirer des rois plus dignes de les gouverner.

20.ᵉ *Mars le reçoit, Mars intrépide.*

La réponse fut expédiée le lendemain; nos braves chargés de la remettre s'en acquittèrent avec cette politesse qui n'a cessé de distinguer toutes les armées que l'Empereur a commandées.

21.ᵉ *De Napoléon le génie, etc.*

Ses dispositions furent telles qu'il n'eut besoin que des deux - tiers de son armée pour vaincre les deux Empereurs qui l'avaient provoqué; que seraient - ils devenus, si le vainqueur avait permis à l'autre tiers de combattre dans cette terrible journée ! Le Ciel, oui je le répète, le Ciel, en créant cet homme extraordinaire, n'a voulu laisser à la génération présente que les facultés de le bénir et de l'admirer.

DES NOTES.

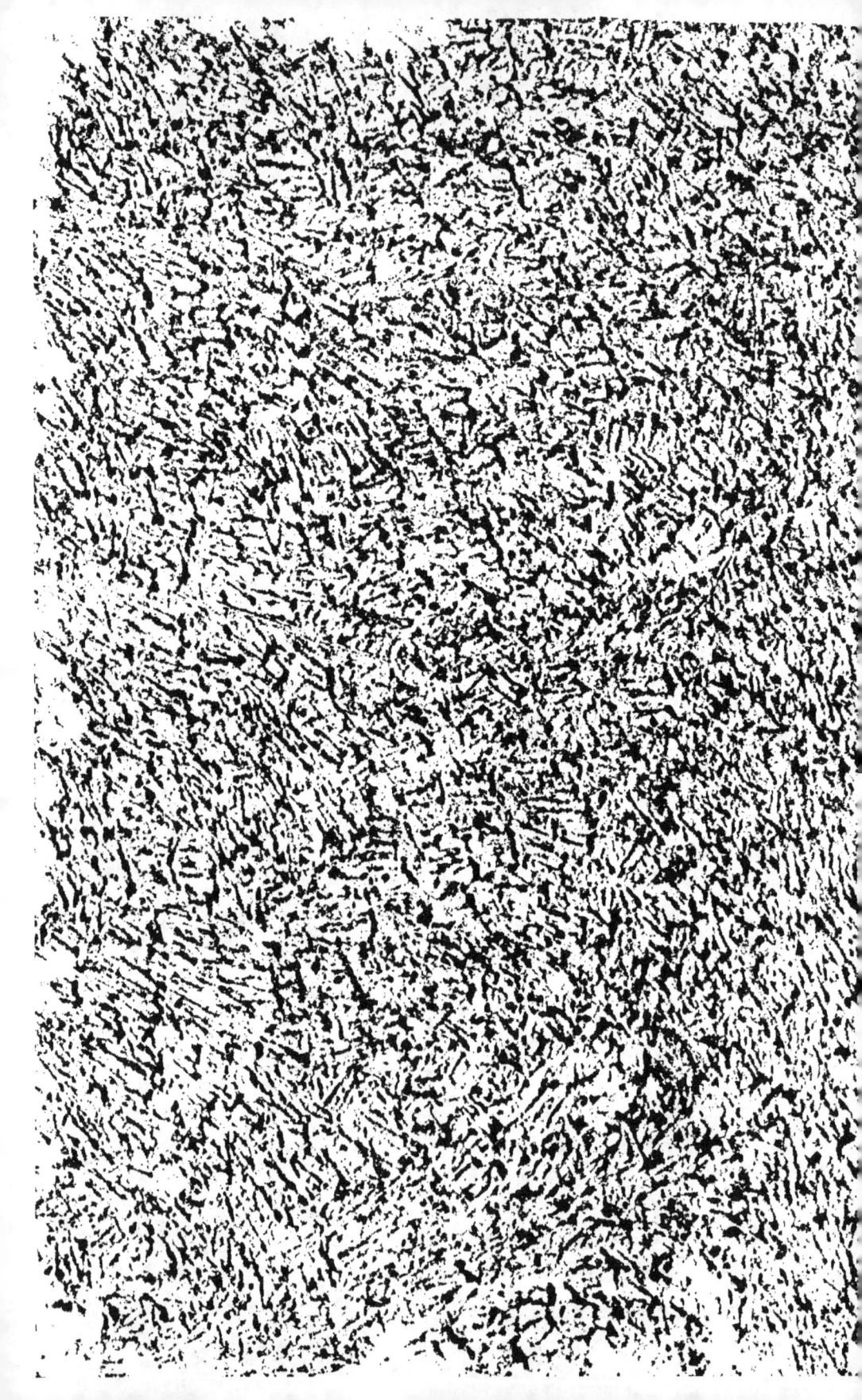